散步是日常的調頻

　　我曾經在北部住過很長一陣子。那裡什麼都多，人多、車多、房子多，生活的節奏就像按下了快轉的按鈕，只要稍微慢一點，就會被人潮推著往前，從眼睛看出去的畫面，宛若手機的人像模式，背景模糊一片。

　　某天傍晚，在回家的路上，突然有一隻貓跳過花圃、轉彎跑進巷子裡。毛茸茸的身影在迅速流動的畫面切出一條分界線，一邊是原本除了目標外一片朦朧的城市，另一邊卻變得清清楚楚，所有細節都站上了搖滾區。順著貓的腳步，我才發現，原來習以為常的風景，藏著陌生人精心培育的盆栽、圍牆上的小塗鴉、舊時的紅磚牆⋯⋯。

　　從那時候起，我開始常常去散步，不事先查找路線、隨意地走，就像那隻貓，想去哪裡、就去哪裡。同時，我也嘗試將撲向面前的、回憶裡的一切畫下來，藉由一張一張的畫，框出生活的輪廓，反芻心中的想法，也在這樣的過程中，重新調整自己的節奏，把自己緩下來，和自己真誠相對。

　　《跟著好事貓去散步》在框下的風景中，揉合了想像的情節和對昔日的懷念。畫中，有一位戴著紅帽子、有著一顆紅鼻子的小貓名叫好事，他和他的朋友們穿梭在細節中，有時淘氣的躲起來、有時歡快地度過當下，他們是導遊、是陪客、也是享受旅途、展開冒險的夥伴。

　　世界如此匆匆，一眨眼，時間就一去不復返。藉由一步一步的探索、一筆一筆的刻畫，希望儘管每日快速掠過的風景如此相似，也能在其中，一點一點地調頻專屬生活的軸線，讓記憶有串連的接點，從昨日至今日、自今日往明日，跟著好事貓，一起好好去散步。

記得以前小時候一句很耳熟能詳的廣告詞:「想像力就是你的超能力」,這是當我看到柏辰的這本書後腦中立馬浮現的一句話。

仔細閱讀書中的每一張插圖都會讓我們充滿著想像空間,圖中的每個角落都是插畫家花了很多時間用心堆疊出來的生活態度,看著看著彷彿自己也跟著好事貓漫遊在世界中,現今疫情之下雖然無法出國,沒想到看著這本繪本也可以有到處旅行的感覺,在生活壓力緊繃之時還可以如此地讓自己放鬆自在。

最讓我驚豔的是,在每次的翻閱過程竟然都會有不同的感受,柏辰筆下的好事貓不違和的融合在不同的城市風景中,好像在跟我們躲貓貓一樣,不仔細看好像就會錯過了什麼一樣,需要我們來細細品味。

有時候生活就是這樣,偶爾讓自己放慢腳步,試著不要透過相機而是透過自己的雙眼仔細看看周遭的世界,也許好事就會發生在你我身邊。

鄭明輝(毛毛蟲)│插畫家 / 蟲點子設計總監

認識「天天好事」已經是好幾年的時間了。我們因為住在不同縣市的關係,見面的機會都只有在工作場合。記得每次聚會的時候,我永遠都是在扮演吐苦水的那個人;而她,總是永遠會對我吐的苦水說:「沒有!你超棒的!」

鼓勵,永遠都是她說話的出發點。溫暖,就是她的創作特色。
總是會無私地去抱住每一個倒下的你/妳,讓你知道她就在身後。
現在她要出書了,這次就換我來當她的後盾吧。

論實用性:
這本書,除了會讓你看到「天天好事」的特色以外,你還能在裡面學到各種不同的畫圖以及上色技巧,這麼多的顏色卻可以柔和的放在一起,是我做不到的。

論感性:
插畫跟文字都分開看一遍,你會深深地發現,這是她用盡全力毫無保留打出的最強一拳。也是最暖心的一拳。

微疼 | 人氣網路角色漫畫家

Content
目錄

只要有一件小小的好事，世界就會變得不一樣

名叫好事的小貓，戴著一頂在太陽下曬的暖暖的紅帽子、還有一個遇到好事就發亮的紅鼻子，他喜歡散步、喜歡擁抱，他真心相信，只要有一點小小的好事，世界就會變得不一樣。

在好事的旅途中，有對稱斑紋的情侶貓、捉摸不出情緒的小鬍子賓士貓、老是只看到一個大屁股的瞌睡貓、不同條紋白毛的橘子貓、帶著飯糰表情的藍貓……，或許是因為身高、或許是因為心情，同樣的風景，在好事的眼睛裡，總能展開不同的畫面。

在這裡，有認識已久的朋友、也有隨機出沒的相遇，他們時而結伴同行、時而享受獨自的悠哉，好事和朋友們四處尋找好事、也成為別人的好事，希望沿路的好事們如繁星，點亮每一天。

ROUTE. 01

散步，
由此去

散步的起點在腳底，
最初的路線在心裡，
跟著好事由此去，
即 刻 出 發。

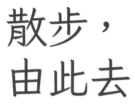

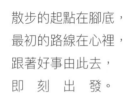

夢，從這裡開始

早晨從這裡開始，綠色的窗簾輕輕擺盪，跟著風送進來的陽光，細細柔柔的在枕上舒展。沿著陽光的最末端，冬天是兩疊毯子、夏天是粉紅薄被，其餘空間，四季皆沒有什麼改變，頂多一年一度清理堆高的草稿塗鴉，整著巡著，又留下了各種借靈感之名永住的精靈。

夜晚從這裡開始，越過格柵外的兩幢高樓，切出的細長夜空中，皎潔的月光升起，像是用刀劃開的窗，俐落透過來的一片雪白，夢就從那裡來。將最純粹的初心安放其中，從桌畔、從書頁、從畫筆、從剪剪貼貼的紙片、從一床毛茸茸、從電腦螢幕快速切換的視窗、從靜止到轉動的椅子、從昨天、從今天，也往明天。

時間在這裡；夢在這裡；我，也在這裡。

STROLL. 02

放手練習

　　餐桌旁的窗台，近景是大樓、遠景是山巒，橘紅的陶盆裡，依序是據說只能活一個夏天的堇花、有多少土地就蔓延多少的薄荷、名為長壽的新手向盆栽、放著不管定時噴水就能活的多肉們，一字排開的則是想種出大片綠意的志向。

　　上網訂書、店裡購肥料、博覽教學影片，比不上實戰的刺激，曬多少太陽、澆多少水、何時要施肥、換盆的時機點、如何阻擋鴿子調皮的攻擊……，聽說非常好種的持續凋萎、覺得「這樣就好」的卻恣意瘋長，比起種植技巧，受到完整鍛鍊的反而是期待卻受傷害的脆弱心靈。

　　終於領悟，在陽台預期複製的自然，要分享的並不只是療癒，更多的是讓其自然發生。與其糾結，不如練習道別，畢竟「放開手，心更寬廣」。

STROLL. 03

最好的早餐

　　將曬飽陽光的桌巾用力抖開，捂熱掌心撫平皺褶，倒入溫度適當的熱水，紅茶葉如甦醒的眼皮般舒展。揉好的麵團在烤箱裡飄出讓人肚餓的味道，混著茶香和早晨的空氣，搭上剛從冰箱拿出的果醬、融化的恰到好處的奶油，乾淨閃亮的餐具擺在白色的瓷盤邊，培根在平底鍋裡煎出酥脆的口感，和蓬鬆的蛋捲一起愉快的滑進這個早晨。

　　在互道早安之前，先把被夢掏空的胃填滿。毛毛細雨、豔陽高照、錯過鬧鐘、假日賴床……，隨著日常更替，早餐豐盛有時、簡樸有時。

　　生活難免煩憂，但手緊握著，就能共伴跨越。一起咬下早晨的第一口吐司、一起翻開每日的第一頁，這，就是最好的事了。

STROLL. 04

每個第一天，都是值得紀念的起點

出生的第一天、上學的第一天、初戀的第一天、工作的第一天、旅遊的第一天……，隨著生命的進程，「第一天」也隨之增加。每個第一天，有興奮、有期待、有睡眼惺忪、有忘東忘西、有似曾相識、也有開展新篇的探索。

學生時代重複好多次上學的第一天，從穿上嶄新的制服開始，在課本上寫自己的名字，囫圇吞下回想起來一片模糊的早點，雖然前一天就收了兩次書包，但臨出門拍照留念時，還是感覺遺漏了什麼。新的生活、新的世界、新的關係，連今天的天空，也和昨天的不一樣，新的開始讓一切都鋪上了新的色彩。

每個第一天，都是值得紀念的起點；早上睜開眼睛，從昨日睡夢的蛹中，脫出的也是全新的自己，從這個起點邁步，今天，要寫下什麼樣的回憶呢？

19

STROLL. 05

祝福，順此而行

凌晨三點，黑色的馬路盡頭亮起黃燈，貨車轟隆隆的聲音漸漸靠近，在空蕩的街道上傳來巨大的回音。同一個時間響起的聲音重複了幾十年後，也慢慢地變成日常的白噪音，突然消失的時候，反而讓人渾身不對勁。

陳舊的木架，泛黃的報表，一格一格的位置有著村里區域的名稱，把按日新鮮送到、還滿載油墨味的報紙分類放入，需要套疊的副刊整齊的在長長的桌子上堆好，理完的則送往捆包機，黃色的捆包帶咻咻咻地打上十字，遠看就像一份灰色的禮物。

報紙上的日期永遠是今天，但日復一日的工作則讓每個今天，都有了延續的意義。重複的工作疊起未來的基礎，為自己的、為家庭的，那一片沉默背後，是擔憂、也是祝福，一切都順此而行，順勢成行。

STROLL. 06

幸福的 K 歌房

　　四方房間，有了椅子、桌子、軟墊、沙發，再擺上一台電視、兩個喇叭、一組點唱機，普通的家宅，就變身為最舒服的 K 歌房。

　　在約定的時間，各自帶著膨大海、鮮奶茶、汽水等飲料，攤開幾包小點心、鹽酥雞，點自己擅長的歌、想嘗試的歌、懷舊的歌，在歌曲的間奏和尾聲交換近況，翻著點歌本將歌名串成一首長長的詩。興奮的時候，起來隨著節奏開心擺動；唱得聊得累了，吃口零食、潤潤喉嚨，靜靜的聆聽，看 MV 裡的情緒起落。歌聲或許不太專業，選曲也隨興所至，但五分鐘一個段落的高亢低吟輪播，將音樂填滿了相聚的時刻。

　　週末的時候，窩在小小的 K 歌房裡，和喜歡的對象一起，讓悲傷的歌，有了快樂的音符；憂鬱的節奏，也轉為幸福的曲調。

STROLL. 07

後院的詩

若屋子是本傳，圍繞四周的院子就是一首引言詩。各異其趣的院子，沿路編排成一本現代詩合輯。

整理得井然有序的院子，在文句間有縝密的邏輯；飄著花香的院子，其中隱藏著代表浪漫的關鍵字；種植菜蔬果實的後院，滿溢坦率的真誠，直接鋪水泥擺上兩個籃球架的院子、光禿禿的院子、在曬衣桿下停著農耕機的院子……，而在廢棄的院子裡，所有的生物都長出了自己的樣子，哪隻鳥銜來的種子、哪隻蜜蜂帶來的花粉、哪隻貓扒過的坑洞，交給土地、交給太陽、交給雨，最後交給時間。

隔著一落落的院子閱讀各種詩句的組合，想像詩人的樣貌，是散步時的小小樂趣，而屬於我的詩，又會是什麼樣子的呢？

STROLL. 08

用昨日的溫暖，培育明日的笑容

三叉路的盡頭，是一堵紅磚拼接灰色磨石子的牆壁，前方低矮錯落著一叢一叢的馬櫻丹。夏天的時候，牆下的溝槽，蝌蚪會隨著潺潺的水經過。在牆壁的交接處，鑲著兩片紅色的鐵門，按下門鈴，懷念的聲音就響起。

一頭閃亮的銀色捲髮下帶著微笑、一雙非常會打毛線的手總是溫柔交握。一年四季，用食物撫慰沮喪、用香味交換笑容。正月時的豆腐丸子、炸紅豆年糕，端午節的肉粽和鹼粽，秋日的紅燒吳郭魚、入冬親手包的水餃和餛飩……當胃被體貼照顧，神奇的是，心也變得溫暖。

用食物記住的微笑時刻，會一直跟在身後，在要被影子淹沒時，重播療癒，化為勇氣。有想做的事情、現在就去做；有想要擁抱的對象，現在就去擁抱，如此一來，相信昨日的笑容，也能於明日再現。

儀式感是常日的休止符

「南風！」「小雞！」「發財！」「大餅！」「薯條！」

攤開牌桌，把塵封一整年的麻將放到中心，拿起骰子、好久不見的東南西北，一起花一點時間回想規則，但永遠不會忘記的，是打牌時重要的垃圾話。胡牌固然開心，但苦思各種牌面的諧音梗、手握關鍵牌型的牌面，更讓人雀躍。圍爐後肚子飽了，來點小小的機智鬥力，花四個小時打上一圈麻將，是過年守歲的重要儀式。

吃飯前放喜歡的音樂，就算是 WFH，也要日日在打卡前認真著裝，睡覺時點上精油，在昏黃的燈光裡反芻一天發生的事情。我們持續建立儀式感，讓例行公事有了期待，也讓呼吸得以重整節奏。而季節、節慶的儀式感，則替上一段旋律畫下休止符，深吸一口氣，繼續往時間順流前進。

STROLL. 10

有限的人生，要獻給無限喜歡的對象

再普通的客廳，有志同道合的朋友相伴，就能成為普天之下最歡樂的場所；再無聊的午後，有心意相通的朋友一起，平凡的日常也會閃閃發光。

在沙發上隨意放置舒適的靠墊，旁邊擺上小凳子、摺疊椅以備不時之需；拿出爆米花、洋芋片、小魚乾、各種零食，千萬不要忘記在熱熱的布朗尼上，放一球冰淇淋。時間剛好的話，就到鹽水雞攤把所有品項點一輪。在特別的日子盡情放縱，把水換成珍珠奶茶、把舒肥雞胸換成鹽酥雞，電視上播著四年一度的賽事，光是聚會的籌備、等待朋友到來的期間，就已經超級開心。

最好的時光，要和最喜歡的人一起度過，這句話反過來說，也是一樣。畢竟這一輩子又苦又短，一定要把有限的時間，在喜歡的一切上恣意揮霍。

STROLL. 11

願所有的好事從今起，到永遠

一年之末，以歡樂分享的聖誕和甜蜜熱鬧的跨年結尾，替寒冷的冬天，添上一點一點閃亮的光芒。穩穩架起依照雪國樣本複製的冷杉，選定符合喜好的裝飾物，倚靠著桌上的保溫瓶爬高布置，最重要的星星，就交給好事來負責。

花心思選定的禮物，當然也要慎重地包裝；掛滿回憶和記事的牆面，也懸上彩旗、飄下雪花。小小的貓們是聖誕老人分派各地的精靈，務求將所有的美好全部傾注於此，讓每個期待的夜晚，都不會錯過願望成真的流星。

把祝福的線索，留在最顯眼的地方，雖然所有的準備都是為了驚喜的瞬間，但若能注意到其中散布的小小腳印，感受到被看顧和著想的體貼，相信這份誠摯的心意，能更踏實的溫暖到靈魂深處。願所有的好事從今起，到永遠。

哈囉！ Real ME

起床後，第一個去的地方是浴室；睡覺前，最後一個去的地方也是浴室。在浴室裡面對消化系統的無奈、臉上身體長痘子的煩惱、睏到不行還得要仔細刷理的牙齒、出門前忘記的一顆眼屎，在下班後反而明澈的鏡子前，讓人扼腕不已。

在浴室裡忍不住翻到最後一頁的小說、重讀數次現在只看喜歡章節的漫畫、為了更安心的滑手機特地換了防水的。獨居的時候，敞著門的浴室通往放鬆的終點，換上模仿雨林的花灑，在水下盡情歌唱——不管歌詞、不管旋律；共處的家屋，浴室是最私密的個人房間，難過的、沮喪的、不解的，都到浴室裡盡情解放。

在浴室裡好好洗臉、好好刷牙，對著鏡子好好搓下一天的疲憊、享受發呆的片刻、大水淋下的舒暢，赤裸裸地和自己在一起，好的、壞的，都是我，最、最、最真實的我。

「自己」的準備區

石頭階梯、木製門扉,從門口漸次鋪就的石板路,是連接家裡到外面的玄關。小路的兩旁,有仔細照護修剪的草坪,一株松樹青青而立,不管晴朗陰雨,都在原地。

玄關是外側通到裡側、裡面穿至外面的休息站,短短的路程,卻是轉換呼吸的重要場所。早晨,在石階上換好皮鞋、拿起公事包,打開心,迎接一天的開始;傍晚,走在石板路,一塊一塊的卸下裝甲和疲憊,將心折疊如入夏的冬被,柔軟的收納進最舒服的空間。假日,玄關有時迎來期待的訪客、好久不見的消息;有時就是靜靜的,享受徐徐微風。

這裡是自己的準備區,保留一塊陽光能溫暖的地方,爬梳日常的段落,儲藏初心、希望、勇氣、壓力、各種生活需要的面具……。走出玄關,我打開我自己;走入玄關,我擁抱我自己。

ROUTE. 02

散步，
到外面去

只要一步，現實和想像的交界就變得模糊，
只要一步，世界就會變得不一樣。
到外面去吧，
那裡，有更多好事在等待。

STROLL. 01

騎樓下的島國之旅

城市裡、鄉村中，每一間店、每一幢房子都是一座島國，擁有自己的稱呼和個性，漂在名為騎樓的水道兩側。

有些水道宛若海峽寬廣，有些如溪流細長。林立左右的島國，有的年紀輕輕，洋溢著新生的活躍；有的垂垂老矣，只願守住往日記憶；有的飄出濃濃的香味，期盼新的相遇；有的僅僅順著日常規律；有的則大門深鎖，只留下一張紅紙告示。來往的路人像是一艘艘小船，時而停泊、時而飄蕩，享受沿途的風景。

把心打開，旅程就此起頭：走下階梯、推開大門，今天想在名為中山的運河上遊歷，或是往忠孝海峽探看新冒出的小國家們？沿途的路人邁著步伐像搖著兩支槳，不管方向也無所謂，徐徐的在這世界中晃蕩，就算只有十分鐘，也能航向彼方。

STROLL. 02

煎盤粿協奏曲

　　一大早，煎盤粿的協奏曲表演就開始了，鐵盤上的鏟子賣力「鏗鏗、鏘鏘」敲打出第一個音符，觀眾的座位從黑色的煎盤延伸至窄巷，挨著大蒸籠的不鏽鋼大桌，入內、點餐、落座、上菜，快節奏的演出讓精神為之一振。

　　粿在蒸籠炊過，在熱氣蒸騰裡，上鐵盤煎的「吱吱」作響、外皮恰恰、內裡軟糯，隨意堆成一座金字塔，在塔頂放一顆半熟荷包蛋、最後淋上特製的醬油膏。拿起不鏽鋼叉子「咚、咚」戳幾下蛋黃，讓蛋液「噗嚕噗嚕」如火山熔岩般傾瀉而出，再順著這勢頭將蛋和粿「喀、喀」切成數塊、快速的拌一拌，趁熱「呼～呼～」地送進口中。

　　煎盤粿沿著喉道滑進胃裡，閉上眼睛，彷彿能看到體內的血管肌肉紛紛舉起演唱會的手燈，大喊：「安可！安可！」

STROLL. 03

善良的貓咪商店

　　在一個很普通的路邊，有一間善良的貓咪商店，每天在門前供應乾淨的水、充足的餅乾，寒流的時候，專屬的貓屋於焉出現，鋪著柔軟的布，有時還附贈可愛的玩具，和請勿打擾的簾幕。商店前大大的雞蛋花下，總是聚集著小小的貓，像是會生出貓的樹。

　　貓們口耳相傳，不打擾營業、也不任性入店。吃飽了，就在傘架或灰磚上午睡；睡醒了，就在藍天底下悠悠哉哉地梳理毛髮，有時互相追逐、有時就這樣什麼也不做。它們總是乖巧的共享這份善良，瘦弱的流浪貓來了，過幾天，就胖胖的像是在這個家住了一輩子。

　　看到貓們被陽光曬著、肚子飽著、睡成一攤，就算只在一旁觀看，卻也覺得非常非常幸福，謝謝堅持的善良和珍惜的溫柔，讓小小的好事，也暖了周遭的世界。

STROLL. 04

在故事裡，我們都是自由的

走上長長的坡道、轉進蜿蜒的巷子，請小心時高時低的屋簷，在雨後仍可能落下冰涼水滴。穿過手工拼湊的石板路，在最尾端，有一間名叫自由的書店。

自由書店進出都是同一道門扉，掛著一面霧藍色的簾子。儘管剛才來的路已經十分崎嶇，要走進書店，尚需往上兩階，才是真正進入了自由。

這裡配合各種尺寸的讀者，有著各種尺寸的書籍。店內隨處可坐、隨處可讀，不管姿勢、也不管內容，興之所致，也能在這裡留下屬於自己故事的開頭。只要彼此小心，不要踏上被書催眠的小貓肚子，就能安心翻開書頁，窩進文字和圖畫羅織的宇宙，讓想像力盡情奔馳，舒展在現實皺縮的心情。因為，在故事裡，我們都是自由的。

STROLL. 05

用月光填滿黑夜的縫隙

年前，大型的花燈製作就已開始，確定圖案、凹折鐵絲、設計光線、決定最佳的擺放位置；小型的花燈則從年後販售，有著時下最流行的卡通角色、傳統的長青臉孔。學校、家庭將白色的紙燈籠拉開，繪製喜歡的模樣，或是樂呵呵的收集罐子、用鐵釘打上圖案，在燭光下，透出祕密的影子。

頭頂上月色皎潔，腳旁也光芒燦燦。攜伴走入街頭的每盞花燈，都有自己的名字。在滿月的陪伴下，巷子裡移動的圓月們深入各個月光無法觸及的角落，連同夜空一起，將片片影子都請出視線之外。隨風搖曳的各色圖案，反射著臉上藏不住的笑意。在燈會期間，和天上的正主兒一起遛月亮，成為飯後首選的娛樂。

願這一年，如這夜，在最深的黑，也有明亮的希望。

STROLL. 06

賀！好事開鑼！

....

　　敲鑼打鼓的聲音從貓群中竄起，一頭雄獅自粉紅鐵架上飛躍，白色的絨毛在燈海中飄動，裝著宇宙的眼睛閃閃發光。貓兒們在猩紅披風底下疊起羅漢，分工合作的把紅色的獅子舞的像劃過夜空的巨大彗星。

　　每一次跳躍、每一個頓點、翻滾的跟斗在驚呼中又穩穩站回僅比鞋底大一些的立面，為開幕的店家帶來的熱情賀禮、為初生的夢想拍響掌聲、為親友獻上的誠摯祝福，都藏在這幾分鐘的演出裡，如同嬰兒剛接觸空氣時的嚎啕大哭，這震天獅吼，就是為嶄新的開頭，鳴起的號角。

　　我們熱熱鬧鬧的慶祝序章，在鐵架下的貓兒們、舞獅長長絨布下的貓兒們、拿著紅包在門口等待賀詞落下的貓兒們，敬請期待吧，好事，即將開鑼！

STROLL. 07

倒數快樂的計時器

雞排、珍奶、烤玉米、地瓜球、蔥餅、印度抓餅、三杯滷味、甜甜圈、蚵仔煎、鐵板牛排、臭豆腐、烤魷魚……是夜市必備的小吃，貓味果汁、木天蓼手工餅乾、生炒章魚羹、罐罐放題（たべほうだい）則是好事夜市為尊貴的貓顧客們奉上的特典。

在深夜打開入口的市集，是方圓幾里外都能看見的巨大光球，光球裡包裹著白天沒有的放鬆、肆意、紓壓的悠哉，這裡沒有緊迫盯人的時間表，也沒有繁文縟節的規矩，只要穿著吊嘎和夾腳拖，零錢在口袋裡叮噹響，就能從頭玩到尾，再打包一袋美味回家。

每當太陽落下，攤位的燈泡一個一個亮起，愉快的記憶和甜蜜的選擇一一浮現，也順著光芒聚集而來，興奮的心情為疲憊的日常撲通撲通地打入新的熱情；快樂的感覺，也就這樣一點一點的膨脹起來。

STROLL. 08

暖湯熱貓，溫一池冷冷

在寒意陣陣的天氣裡，熱呼呼的溫度有著明顯的形狀，順著北風飄得高高的，一併帶著硫磺的味道、蒸熟的蘋果香，混合著貓來貓往的毛茸茸腳步，標示著通往溫暖的方向。

這裡是貓的湯，有隨心情更換水果的粉紅湯，甜膩的氣氛是湯屋裡的熱門選項；一貓享用的石頭貓湯，在隱密的樹蔭下，適合獨酌的時光，但總禁不住想要熱鬧的心，反而一直招呼小徑上路過的貓們。在能泡能游能聚能玩的大貓池，歡樂的笑聲就像夜空的煙火，輕易打破附近情侶鯨魚湯的靜謐，儘管有時會收到客訴，但整體來說，在這種天候，能泡在一池暖意、甚或熱呼呼的吵上一架，還是很不錯的。

一池暖泉、一碗熱湯、一杯溫酒，在彼此靠攏的時刻，總能在冬天，擁抱一個舒心的夜晚。

STROLL. 09

每句早安，都用藍色的「～」做結尾

「～」是浪的形狀、是開心的音調、是太陽初升時染上金色邊緣的雲朵，是小跳步難掩的興奮、是海龜順著潮水上浮下潛的頻率、是白色的船又暈又想吐的旅程、是無限大的海洋呼吸的節奏。

礁岩底下生長的海草，是海龜的早餐，肚子餓的時候，就從海的某處撥浪啟程。貓們帶著惺忪睡眼、小心避開坑洞、仔細踩好步伐，拿著前一晚先選好的餐點，彼此目測垂直距離三公尺，但平行距離大概只有五十公分，雖然互不相識，但在同一框風景中共食、共時的美好，是一天最和諧的開頭。

在小小的島上，海浪把陽光一波一波的送到岸邊，把星辰一波一波的送進眼底，一波一波的「～」，聯繫了日夜的交替，串起了水下陸上的日常，用充滿元氣的聲音、調皮的尾音，向來到沿岸吃早餐的海龜，說：「早～安～！」

STROLL. 10

心裡的洞，用儲蓄的光來補

三貓山的山腳下，有一片漫無邊際的小太陽花園，和山的綠意切齊，從望不盡的這邊，到望不盡的那邊。

貓農夫們費心翻土、澆水，按時送上的好聽話，是小太陽花們重要的養分。它們成長所蓄集的善意，會在蓓蕾綻放時，順著花瓣開展為和煦的光芒，扎扎實實地填補了心底的坑洞。而當它們乘風而起，化為移動的太陽，落在陽台的被子，就為夢帶來一點光；落在密林的葉堆，就為逝去的獻禱祝福；落在冰冷的河床，就為未來捂暖一瓢種子；落在獨居的窗口，就為寂寞遞上緊緊的擁抱。

白天的小太陽花園，是優雅的黃色調，但夜裡的小太陽花園，卻有著再遠也能看清的明亮。貓農夫們輪班守護，只為在每個陽光消散的時刻，為失溫的心，注入儲存的暖意。

STROLL. 11

竹林的練功場

循著灰色的石階向上，沿途的淺黃葉片，給予前景的提示，轉彎處的巨大岩塊，濃密的爬藤覆蓋其上，順著石階兩旁蔓延的茂密竹林，模糊了綠意的終點。

這裡是習武的貓們練劍、比試的地方，有打坐內觀身體的貓、有輕盈在竹子間彈跳的貓、有拿起劍隨時準備動手的貓、有穩紮馬步鑽研基礎的貓、有苦惱武功祕笈解答的貓、有模仿武俠電影帥氣姿勢的貓、有仍在尋找適合的招式的貓……，牠們在這裡追求自我的超越，聞訊而來的觀眾們，也在石頭、林間找到各自關心的角落。

當風吹來，葉片彼此摩擦，發出沙沙的聲音，竹子清新的氣味與將落未落的葉片們順勢飄下，來者仍會前進、也終究會踏上歸途，但深居竹林的貓們對自我的鍛鍊，一刻也不會停歇。

STROLL. 12

只要一點線索，冒險即刻啟程

通往傳說中的鬼屋，要穿過幾行田埂、一潭泥巴，再撥開長及腰的植物，走上一段後，就能看見隱身在樹林裡，偌大的巴洛克建築。樹沿著牆面生長，幾乎要看不見原來的紅磚，門扉、窗框都已不見，園子裡的枯井留著一截紅蠟燭，被腳步踩碎的葉子發出清脆的聲響，往上看去，兄弟和樂的牌匾依然清晰可見。

場景的迷幻來自以訛傳訛的謠言，朦朧的氣氛來自對神祕世界的想像，荒煙蔓草被羅織的劇情層層包裹，在熙來攘往的冒險者間踩出一條通道。拍照的、散步的、扮裝的旅客穿梭在建築裡外，在雲朵烙下的陰影之後，陽光鋪天蓋地灑落。

站在鬼屋前方，光是這兩個字就能編寫萬字的篇章，任何一點蛛絲馬跡，都能打開想像的大門，在陰影和陽光相交的地方，貓幽靈、貓殭屍捧著咖啡杯，耳畔傳來它們低沉的聲音：「歡……迎……光……臨……喵……」

STROLL. 13

在魔幻時刻，切換日夜的界線

傍晚時分，太陽在世界的盡頭一個華麗旋轉，將白天的湛藍翻了個面，橘色、紅色、粉色、黃色從地平線那端一路滾動，染上途經的天空和海洋，在全部攪成墨色之前，讓或靜或動的一切都成了片片剪影，漸次混成朦朧的黑。

海面上的、堤岸邊的，牛車在退潮時露出的小路踽踽獨行，路燈尚未亮起，拍攝的手機螢幕複製面前的夢幻景觀，和粼粼波光彼此呼應，科技的、自然的鏡面在此刻都想極力框起美好的瞬間，眼睛眨下的每一秒，顏色都在改變，屬於今日的篇章也迅速翻頁。

黃昏時專屬的魔法悄悄施展，將這一襲豔麗的顏色鋪上身體，徐徐跟著海浪的波動，換上夜的被褥，將心導向夢的路徑。

STROLL. 14

期間限定的螢光森林

　　熾熱的夏天，只要有一點風，就會感覺清涼；只要有一點螢光，夜就能像氣泡水那樣的輕盈。流年需要一片期間限定的美麗，生活也需要一個轉念的契機。

　　如甜甜圈般被房子圍繞的城鎮裡，填滿中央空洞的是茂密的森林，林間一汪清澈的湖水，是這首風物詩的開頭。當夜幕低垂、天上的星星升起，家家戶戶捻起燈，湖面漸漸浮現螢光。隨著時間推移，將白天森林的顏色，在夜晚用密密的綠光重新織就。一期一會的約定，自帶神奇的魔力，在空中畫過的明亮，指出了風行進的路線，讓清爽的涼意，也有跡可循。

　　因著熱氣而煩悶的心情，拿著高溫作為藉口的彆扭，在撲面襲來的夏夜螢光中，都顯得不再重要。

STROLL. 15

當惡夢有了劇本，尖叫就成了配樂

在夢的深處播下南瓜的種子，呼嚕呼嚕～呼嚕呼嚕～的，南瓜們飛速成長，脫離夢的邊界穿進日常，長出不同的表情、伸出低矮的藤蔓，偶爾絆倒小貓時，聽到小貓「喵啊～」的摔向柔軟的黑土，瓜體裂開的大口子，彷彿也發出了惡作劇的哈哈聲。

跟著南瓜們一起長大的，還有滿滿的熱情。入夜後，光明正大的扮成有趣的模樣、混在真真假假的妖怪中，打開編寫了好久的惡夢劇本，對著路上來來去去的貓們大喊：「Trick or treat ？」看著一張張尖叫的嘴鑲在歡笑的臉上開開闔闔，就是值得回味一整年的快樂時刻。

儘管比起糖果、魚乾、小點心，更想要施展計畫許久的搞蛋花招，但當南瓜燈籠裡飄出甜膩的味道，還是讓貓乃伊繃帶底下的毛茸茸，露出了神秘的笑容。

STROLL. 16

按下暫停鍵，一訪水之庭園

　　這座水之庭園，是在三百多年前，由不知何處來的貓所興建。在一片平坦什麼也沒有的地方，挖池引水，建造假山，用詩歌的概念起造。春有飛魚、夏有鯨豚、秋天滿池的水母，點亮了冬日的蕭瑟之美。

　　放眼望去，清朗的池水倒映著巨大的珊瑚與樹影，各色水草、苔癬錯落，穿過樹叢後，眼前又是嶄新的風景。當陽光灑落水面，就像是一片長滿星星的閃爍大地。走石橋、入林間，魚蝦在樹間孕育成長，光是在小徑上漫步，心情就能沉靜下來。

　　這裡有許多出口，也有許多入口，全日開放。當想要稍作休息時，按下暫停鍵，就能通往水之庭園。在這裡可以迎接凋落後的新生，閱讀結局接續的開頭，順著四季緩慢漂流，在暫時停止的時間裡，好好放空身心，療癒自己。

甜甜胃，鬆鬆心

一般下午茶是三點，但貓咪們的茶會則再晚一些。要等到午睡足夠、烤蛋糕的師傅們起床，開始緩慢的過篩麵粉、測量糖度、抓準木天蓼的份量、再加上符合氣候的點子，陽光晴朗時放些柴魚片、雨天時做些黏稠的莓果布丁……，最後送進烤箱、香味飄過一層又一層的屋頂時，貓咪們的茶會才要開始。

屋頂的瓦片和屋簷角度是最好的桌椅，貓們選一個當日喜歡的位子，選一個當日心情的口味，吃一片九十度角的切片蛋糕、一球無視熱量的棉花糖球，享受選擇的矛盾、也享受放棄掙扎的灑脫，貓咪們的茶會從這個屋頂、到那個屋頂，不論天氣、不看宜忌，每天給自己一點甜蜜的時光。

想吃就吃、想睡就睡、想聚在一起就吵鬧無比、想獨自一個時也能安靜度過，屋頂的貓咪茶會是一天最舒服的段落，來一點甜甜，抒解生活的苦悶和壓迫，胃滿足了，心也能像剛出爐的戚風——鬆、鬆、軟、軟。

月光海上的演唱會

入夜時，月亮從海平面升起，朦朧的暈黃隨浪花擺動閃爍。貓咪們拿著點心，自月升的時序走上沙灘、攀上礁石，幾艘小船稍早已順著海潮往月色織就的光毯靠攏，為的是在月亮走至最高點時，在光毯盡頭展開的演唱會。

月亮是最好的聚光燈，照亮立於筏上的歌手，長長的絲巾在音符中飛揚，有時高亢如夜空中的煙火燦爛，有時低吟如海下翻滾的鯨魚。羅蕾萊今晚也在珊瑚礁中靜靜地享受，濺起的浪花為歌曲落下一個個清脆的符點。更高一些的雲朵特等席上，天使們也收起翅膀好奇聆聽。

用嘹亮的歌聲展開半睡半醒的夜，自然的聲音就是最好的伴奏。浪嘩嘩席捲了海，風沙沙穿過森林，鯨魚轉身沉入深谷，遠山靜默，貓們豎耳屏息，這是只屬於圓月夜的、特別的演唱會。

ROUTE. 03

散步，
往自己去

好好散步，和自己一起，
沿途拼湊掉落的碎片，
不管終點在哪裡，
好事都會一路相伴。

STROLL. 01

跟著大樹公，盡情伸展

大樹公已經很老很老，在這裡很久很久。從一株小樹苗，長成十隻小貓也無法環抱的大樹。它的枝葉像一把巨人的傘，能遮風避雨，間隙又足以篩落美麗的陽光，也留下卡拉 OK 歡唱的音符飄揚的空間。

從有記憶開始就在那裡的大樹公，和天濛濛亮就開始慢慢聚集的貓們，是這裡固定的風景。早上做伸展操的、去菜市場和回程路上的、拎著一袋豆漿、一塊燒餅緩緩踅來的蹣跚，臉上的微笑和朋友們在樹下的茶盤一起打開。從早到晚，聊天乘涼，大樹公將附近的關係都綁上一條紅緞帶，讓流逝的光陰有了中繼點。

在這個中繼點，日夜往復，僅僅是一晚沉眠後的靈魂、一把皺縮的心情，只要來到大樹公身邊，順著粗壯的枝幹，仔細爬梳枝葉根鬚，將煩惱的、陰鬱的都送上夐廣的天空，跟著大樹公一起盡情伸展，好好理清，再好好收回。

STROLL. 02

走進童年的教室，畫出初心的形狀

‧‧

　　禮、義、廉、恥的紅色立體字，已經有點模糊，金色相框的大頭照因為位置很高，幸運躲過了被想像力牽引塗抹的新造型。正中間的木頭講桌、黑板側邊的板擦機、粉筆溝上撒著一點藍色粉末的巨大三角板和量角器，散落一地的，是被風吹亂的講義，也是小時候渾渾噩噩卻滿是歡笑的心情。

　　一年級的課堂、二年級的教室、三年級翻開課本仍是塗鴉最醒目，流行的卡通自動鉛筆、帶著沙漏的鉛筆盒，要從底部咬開才能喝的養樂多，雖然喜歡老師、也喜歡同學，但可以的話，還是外面的世界更加有吸引力。

　　童年時的教室是一個巨大的容器，懵懂的自我走進來，一點一點的捏出初心的形狀。同樣的考卷，每個年紀寫出來的答案都可能不同，請試著用好事造句，在漫漫的人生路上，慢慢的收集那些閃亮的碎片，點綴在最後答題的空白處。

STROLL. 03

將願望託付上天，把勇氣放進口袋

不只初一十五、神明生日，穿過紅黃燈籠懸掛的牌樓，偌大的廟埕迎接前來的香客、也為參拜的民眾引領入廟的道路。投入香油錢後，拿起金紙和供品放在貢桌前，從天公爐到主殿、到桌子下的虎爺，拿著線香一一敬拜，嘴中喃喃、或在心中默念，希望小小的願望都能實現。

每個階段，想要的都不一樣，小時候只想著拜拜的點心、念書時求考試過關，為了準確傳達，字詞總是斟酌再三。長大了，才發現去廟裡，並不是想求神給點什麼，而是就像雲貼著天空、海傍著土地、森林彼此相依，對於未來的茫然，需要的是託付靠山的堅定。

許願需要練習、釐清慾望也需要時間，閉上眼睛、站在神明面前，企盼自己真正想要的藍圖，能夠慢慢浮現。將夢想懷揣在胸口，帶著勇氣邁出的每一步，願都有所看顧。

STROLL. 04

靜靜等待綻放的時刻

....

　　路口的轉角有一間花店。天還沒亮，就拉起鐵門、放下騎樓的伸縮帆布。從裡到外，擺滿各式花卉綠意，有剛萌芽的新苗，也有持續生長的盆栽，鬱鬱蔥蔥地占據了三角地帶，不管從什麼方向來，都能撲面送上一片清新的自然。

　　在這裡，有只需陽光雨水就能蓬勃生長的植物，也有要每日費心照料的嬌嫩顏色，放在桌邊就能帶來一點生氣的多肉、僅僅一周期間限定的切花……，有些日日不同，有些則近乎日日相同，或是要等到季節更替才有明顯變化。無論哪一種，都有適合的對象。專程前來的、不意路過的，慢慢從各樣姿態、不知其名的花綠叢中，尋找一個無聲的陪伴。

　　來好事花店，細細揀選一段相遇，放進喜歡的瓶器、澆上明澈的清水，靜靜看它開，靜靜看它謝，靜靜看時間流逝，靜靜等待自己緩緩綻放的時刻。

STROLL. 05

共夢的午後，拼湊未來的模樣

．．

　　白色陽傘沿著巷弄展開，傘下的小桌子集合成市，有貝雷帽、耳垂上的花、玻璃瓶中的玫瑰在陽光下如遠古的琥珀、柔軟的布偶蜷縮在更加柔軟的雲朵上，緊鄰的大貓舞台正唱著悠閒的歌，就像是剛剛拂過的微風。

　　每把傘下保護著一個小小的夢，關於生長的、關於創作的、關於自由的、關於獨立的、關於療癒的⋯⋯，小小的夢們有著不同的色彩和質感，有些冰冷、有些炙熱、有些軟綿、有些則需閉上眼睛聆聽。駐足的做夢者、穿梭的尋夢者，在不同的夢境中漂浮著也寄託著，每個藏在心底的晶瑩閃爍。

　　在市集裡，我們驚嘆夢的美麗、夢的可愛、夢的奇幻色彩，期待這些夢完整了一個角落、或是從靈魂深處裡，畫出一點未來的輪廓，也或許，飄著盪著，光是這個共夢的午後，就已足夠。

STROLL. 06

帶刺的花園

　　貓島的公路邊，有一區帶刺的花園，錯落大小石塊的黃土中間，種著各式各樣的仙人掌。有長有短、有圓有扁，有虎牙般的利刺，也有貓毛般柔軟的白毫，有些則像經歷小小的青春期，在綠色的皮膚上冒出一顆一顆的未熟痘。

　　這裡適合拍照、適合獨處、適合野餐、適合手牽著手慢慢散步，貓們穿梭其中，小心照護。儘管一年到頭看似相同，但偶來一場大雨後的快閃花季，從刺球上開出的鮮黃花朵，叢生的綠中穿出一支高聳的紫紅……，超乎期待的，總是讓心潮澎湃。

　　帶刺的花園是異世界星球，在浩瀚的宇宙裡靜靜自轉。學著和刺相處，學著遠觀的美麗，也學著近身的相安無事。畢竟有些刺很美、有些刺很痛，知道自己的刺、也願意明白攤開，其實就是一種坦率的體貼。

STROLL. 07

連接過去的溜滑梯

在星星廣場裡，有著像流星尾巴一樣的溜滑梯，蜿蜒曲折，滿載閃閃發亮的興奮和期待。

以成熟的姿態爬上高高的階梯，忍受著膝蓋偶爾的酸痛、和久坐未運動而變差的肺活量，在登上溜滑梯頂端，一溜而下的瞬間，沿途的星星光芒耀眼，瞬間穿越了十年以上的歲月，掉進了童年的懷抱。在草地翻滾、嘗試爬樹、不害怕跌倒、花整個下午堆的沙山，就算推了就倒也不傷心，因為，小時候的我們，最多的是時間、最不缺的是笑容。

孩時的我們著急著爬階梯，想快點長大；長大的我們，抓著星星的尾巴，要忘記的煩惱也像星星一樣多，如果溜下階梯的瞬間，和小時候的自己相遇了，是不是都能認出彼此、真誠招呼？

STROLL. 08

櫻花的盡頭是春天

在夢裡出現了一條筆直的步道。步道向前延伸，枯黃的草彷彿被齊頭修剪，有著差不多的高度。從草中伸展而出的是深咖啡色的枝幹，將棉花糖般蓬鬆綻放的櫻花，舉向高空。

這是一條櫻花步道，風一來，吹落花瓣繽紛，像一場溫柔的粉紅雨。所有的櫻花像是說好似的，棵棵滿開，將遠方的盡頭層層遮起。在這樣的步道上，散步也好、野餐也罷，就算只是坐著發呆都是一種享受。儘管櫻花開的那麼張揚，但心裡卻感到十分平靜。

順著櫻花步道，一旦從盛放的夢走進清醒的現實，花是不是就落盡了？當繁花散盡，春天是否也就近在眼前？將今年的櫻花漬入罐中，約定明年此刻，再一起用彼時的櫻花茶，佐來時的花季吧。

STROLL. 09

跟著鐵軌走

廢棄的車站，留著一條長長的鐵軌，從貓潮洶湧的站口，連接至森林的後頭。來訪的貓們踩著鐵軌、坐在石頭堆上，擺出各種姿勢拍照留念。空氣裡飄散些許綠色的香味，混著笑聲和細碎腳步，融入眼前的景色。

在火車沒有經過的日子裡，鐵軌依舊往兩端延伸，鋪好的枕木間，野花野草紛亂地長滿縫隙；貼著軌道的圳溝還有一點水，流過一些魚，魚和花和蝴蝶的方向都很直覺，往陽光、往想望，風一吹、就出發。

迷惘的時候，需要一些線索。待在黑暗裡一會兒，不管何處亮了光，就算只有一點點，也能指向一方。邁開步伐，跟著鐵軌，遑論前進或後退，只要一直在路上，遠方就從腳下無限開展。多了解一些、多看看沿途的風景，也才能知道，那是不是自己真正想去的地方。

STROLL. 10

在等速的時間裡，用各自的節奏呼吸

田間的切分法，顏色是一種。灰色的筆直柏油路、不同綠色的原野、藍色不規則幾何的水塘，就圍繞成一方方小小的世界。

這個世界裡，忙碌的是急速生長的植物、找到壁面就賣力產出的福壽螺、一刻也不停留的風；等不及的是路過的列車、被太陽曬得越發蓬鬆的白雲、潺潺流過的冰涼溪水。或許還有扛著鋤頭、停下貨車、彎腰滴汗的小貓農夫，穿著橡膠靴踩進田裡、整頓秧苗、喀喀地在石頭拼成的路上走來。悠閒的是等待願望上鉤的釣者、緩緩邁著步子晃蕩、趁空小瞇一會的夢遊、看似都沒變化的樹叢、甚或是灑落的草葉，順著水溝隨處漂流。

在等速的時間裡，被框在景色中的、單單經過這個小世界的每樣事物，都有著自己的節奏。順著各自的節奏和緩呼吸，用各自的方式，消磨屬於自己的時光。

STROLL. 11

在空白裡散步

走下幾個階梯，就是緊鄰馬路的小碼頭，船在這裡休息，貓們也都在這裡休息。這裡有吉古拉焦香的鹹甜味、有夾帶太平洋鹽味的風、有適合午睡的甲板、有被太陽曬得熱燙的圓形鐵柱，擺上走累的屁股剛剛好。

彩色的房子、彩色的天空、彩色的水、彩色的笑容，所有喜歡的顏色融合成最單純的白，白色的船舶、白色的雲朵、白色的浪花、白色的臉龐，閉上眼睛也好、張開眼睛也罷，風聲、海聲、細碎的呢喃在耳邊交會，變成讓人安心的靜默，只剩下自己和倒影，慢慢地散步、慢慢地什麼也不做。

散步的最後，走出這片空白、走出自己，向上幾個階梯，再踏上幾節斑馬線，那裡有窗、有等待、有想念已久的家，有自己以外的所有世界。

STROLL. 12

有時候，只需要原地稍待

灰藍色的天空，雲朵是淡淡的墨色；河海交界的溼地，水吸收了沉重的氣息。沒有反射的亮光，從中隆起的小小沙丘和淺灘平靜無波，只有遠處白色的風車微微轉動，提醒著這片景色仍是動態的。

陰天的沉悶，像是把心上所有的煩惱都倒出來那樣的糾結。纏在一起濃重的憂鬱，疏散開來時，反而更細緻地嵌入每一口呼吸，想要奮力掙扎，為回憶的亮光尋求露出的縫隙，卻不如原地稍待，找一個舒服的姿勢，讓光陰悄悄經過。

氣候會變化、潮汐會更迭，長大後才知道，時間並不是萬能的治療師，悲傷並不會在多年後變成快樂。但散布此地、瞬間被帶走的印記們，總能一步一步地，走向陽光灑落的時刻。

STROLL. 13

在記憶留一點海，作為再訪的指路標

每一道海的波紋，都是具象的時間，這一秒浮現、下一秒消逝，反覆的捶打沿岸的石頭，從青春的稜角，到老年的圓滑，海浪一波一波，在看似永恆的藍色裡，留下深深淺淺的痕跡。

貓們或坐或臥、或奔浪而去，海風輕拂的午後，亮晃晃的海讓人想全身心投入。在岩岸發呆、踩著淺灘漫出的漣漪，一圈一圈往更遠的地方去。微笑的心情、探索的步伐都會傳染，共沐在萬里無雲的青天之下，待得久了，身上也漸漸浮現海的印記。

離去時，請記得帶一點海回家，讓海持續在身心拍打蝕刻，這樣不管距離多遠，仍能回應浪潮的呼喚，那些煩惱的、在意的、糾結的，都在那片藍色裡融為一體，有所謂的，也無所謂了。

STROLL. 14

時間的金三角

....

　　在貓山圍繞下，蜿蜒的路領著金色的夢境，或許是秋日的橙黃包裝了專屬山城綿延漸變的奇幻美麗，不管是從大路或小巷出入，都迷亂了時間的順序。

　　抓穩葉柄，飄零的葉子劃出回到舊日的捷徑，自由的奔跑、自由的想像，撿起一片枯葉就能圈住一束陽光；在西風徐徐的漩渦中，驀然手上已布滿皺紋，一道一道的年輪鐫刻在身上，儘管外在變化，但心在這樣的穿梭中反而變得更加澄澈。

　　山城是時間的金三角，在晴朗的日子裡閃爍光芒，在陰雨的午後反射蔚藍天空，在起霧的早晨塗上一抹初醒的朦朧，在秋日收攏所有的期待、遺憾，化為一片一片染黃的顏色。從記憶的枝枒放手飛行、在時空中旋轉、落向一方、滲入大地。新的一頁，等夢醒了，再慢慢寫。

STROLL. 15

在最高的地方，找那扇最想念的窗

黃昏漸次到夜晚的時候，周遭的顏色從粉紅深橘轉變為闇藍紫黑，彷彿有誰念了一句咒語，將原本掩上大地的那片巨大影子用力一抖，翻出內裡星星點點的光亮，瞬間從天空蔓延到街道，像一場快閃的魔術表演。

只要不是下雨的傍晚，身在都市的走上望高嶺，在荒野的站上沙丘，在森林的走到空曠之處，大家靜靜抬頭，望向從山谷爬升而起的月亮，那句無聲的咒語，不只翻出影子內側的閃爍，也喚出迷失在坑洞的貓們，學著流星的姿態，躍入夜空。儘管路途曲折，在最高的地方，關於家的方向，卻更筆直。

或許還要走很遠，但想念的心情，終究會找到託付的窗口。

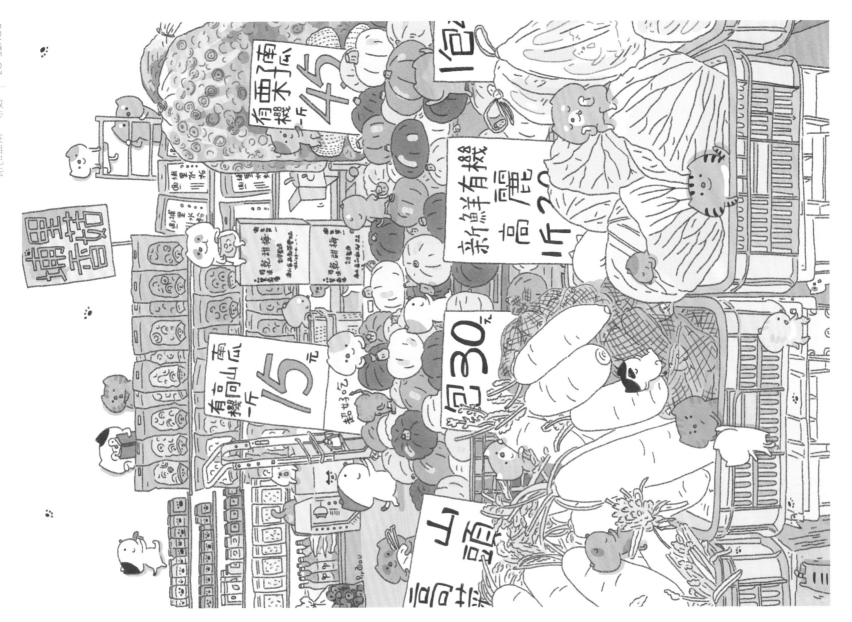

一口一口，定頻生活

番茄的紅、玉米的黃、茄子的紫、洋蔥的橘、蘿蔔的白、香菇的棕，除此之外，還有季節的綠⋯⋯，菜攤的活力，來自營養、來自顏色、來自喧騰的招呼、也來自總是在這裡的安心。

小小的菜攤以食物寫下光陰的刻度，提醒著時序的變化。看到絲瓜，知道夏天來了；看到山茼蒿，感受到冬天的寒意、聞到火鍋蒸騰的熱氣；當甜年糕和菜頭粿連袂出席，就知道新年將至。菜種的不同，能猜測這個地區飲食的習慣，食材們就算什麼都不說，也能聯想到它生長的地方。

一日三餐，每一種食物進入身體，都會留下痕跡，每一口，都是記憶的累積。當步伐紊亂時，走向總是在這裡的菜攤，選幾樣時令蔬菜，為自己好好吃一頓飯，一口一口，重新定頻生活。

「秋天來了」

　　一年四季，每個季節的轉換，都像是重新扭緊發條。隨著綠葉轉黃、黃轉橘、橘在紅豔添上些許咖啡後，清風拂來，徐徐落下秋天的開頭。

　　和清爽的春天、濕黏的夏天相比，入秋時分是特別有感覺的。將涼卻又略熱的天氣、自然色彩的轉換，整個世界似乎充滿曖昧的氣氛，長袖好？短袖好？薄被好？厚被好？有太多的改變希望分享、有太多的想念需要寄出。

　　化為紙筆，落下的卻是注意溫差、小心身體、一切安好……，封箋前再多看幾眼，放進一片門前的紅葉，小心翼翼地捂在手掌，好似這些平淡的文字，就能染上秋天的氣息。如果「今天月亮真美」代表的是我愛你，那麼當我說「秋天來了」，這每一個字，每一道紅，都是我想你。

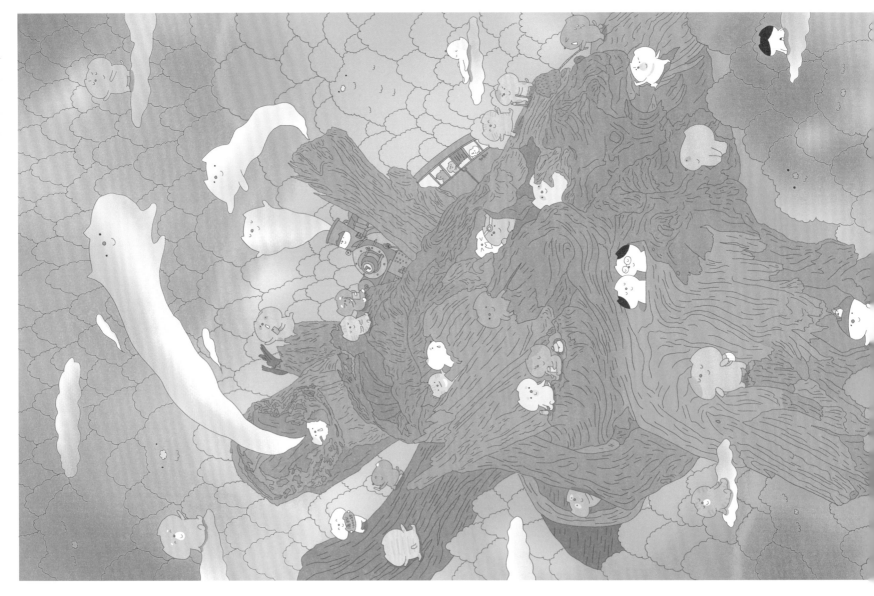

往山去，往自己去

高聳的樹冠在即將碰到彼此時，會留下一個細窄的空隙，陽光、風、星星就從那裡落進山。木頭的紋路是山林的步道，順著年輪、沿著樹皮的裂縫、一杓一杓地將自然的氣息放進身體裡。

在晴朗時，往山去；在陰雨連綿時，往山去；在山嵐圍繞時，往山去；在平凡無奇的日常裡，往山去。四季的山如同一扇旋轉門，光是站在中央，就被推著前進，循環往復的美麗看似相同，但今天的山不是明天的山，今天流逝的時間，也將我捲進山的懷抱。

拿起水壺、背起行囊、拄著登山杖，輕裝行進的山很溫柔，重裝拜訪的山像是告解室裡突然想通的那一霎那，爬過重重石礫、拉著繩索迤迤探詢，登頂時的豁然開朗鋪天蓋地襲來。往山去，是往疑問的終點去，也是往答案的起點去，在那裡，有自己在等待。

如常情書

　　寫一封信給自己，從白晝起筆，入夢時翻頁。所有芝麻蒜皮小事、回憶角落深埋的碎片，都一筆一畫地寫上每日散落的紙張，節慶卡片、留言紙條、各種帳單、旅行的明信片、打折的傳單、隨時間過去撕下的一張張月曆紙……，有意無意的、有聲無聲的，都在這信上。

　　緊跟步伐一路書寫，從屋內到屋外、臥房到浴室，沿著木造樓梯攀上三十公分寬的磁磚地板，再從書房的電腦鍵盤和繪圖板，寫到隔幾日就要光顧的農產行，又搭上列車、踏進遠方的山林。季節的變化有溫差和景色的提醒，除了紀念日和突如其來的驚喜，如同複印的每一天，才是這封信最珍貴的主旨。

　　這封長長的信，在重複的日常裡意會漸進的時間，一路捕捉途經的閃爍光點，是好事陪伴的足跡，是一封至今仍持續記錄的、我給自己寫下的，如常情書。

跟著好事貓去散步

書　　名　跟著好事貓去散步
作　　者　Pirdou 林柏辰
主　　編　莊旻嬪
美　　編　譽緻國際美學企業社
封面設計　譽緻國際美學企業社・羅光宇

發 行 人　程顯灝
總 編 輯　盧美娜
發 行 部　侯莉莉、陳美齡
財 務 部　許麗娟
印　　務　許丁財
法律顧問　樸泰國際法律事務所許家華律師
藝文空間　三友藝文複合空間
地　　址　106 台北市安和路 2 段 213 號 9 樓
電　　話　（02）2377-1163

出 版 者　四塊玉文創有限公司
總 代 理　三友圖書有限公司
地　　址　106 台北市安和路 2 段 213 號 9 樓
電　　話　（02）2377-4155
傳　　真　（02）2377-4355
E-mail　service@sanyau.com.tw
郵政劃撥　05844889 三友圖書有限公司

總 經 銷　大和書報圖書股份有限公司
地　　址　新北市新莊區五工五路 2 號
電　　話　（02）8990-2588
傳　　真　（02）2299-7900

初　　版　2022 年 7 月
定　　價　新臺幣 420 元
I S B N　978-626-7096-11-6（平裝）

國家圖書館出版品預行編目（CIP）資料

跟著好事貓去散步 / Pirdou 林柏辰作. -- 初版. -- 臺
北市：四塊玉文創有限公司, 2022.07
　　面；　公分
　　ISBN 978-626-7096-11-6（平裝）

863.55　　　　　　　　　　　　111007887

三友官網

三友 Line@